TTS新書

いにしえからの素描

第９集

金田一美

東京図書出版

まえがき

澄み切った空の向こうは何だろう……
青く、青く……青い空が続いている
宇宙の果てまで青い空だよ
春夏秋冬、少しずつ季節が変わった
想像ができない……春夏秋冬
日々変化していく……青い空
太陽が東から昇り、西に沈む
一つも変わりはしない、太陽の日々

大地に生きるのが大変なんだ
大地が熱い、容赦しない暑さだ
地球の生き方……どうなるのだろう

オゾン層が崩壊……オゾン層が消えた
地球を守る……地球のよりどころがなくなった
生物を守る……生き物すべてを守っていたんだ
果てしない宇宙の中の美しい地球、変貌する

昼夜を問わず……宙を舞い、飛び交うコロナウイルス
もう世界を何周したのだろう
成長が著しい……エスカレートする
感染し、また感染、またまた感染……
終わりなき感染、止めることができない
共存など、どこにも見当たらない
……どこでどうなっていくのだろう
止められない……止められる方法がない
どこまで続くのだろうか、わからない
いきつく先、どこなんだ……

自由な人々が自由に感染し死に至る
あ、あ……感染、心の奥に自由をなくす

広い、広い宇宙……澄み渡る青い空
自然も、生き物も、どう生きたらいい
呼びかけても……帰ってこない
夢見る心が……独りさ迷いだしていく

（作品1801号）

自然よ、大地よ……どうしたの
母なる大地がささやいているのです
バリバリとした霜柱がなかったなぁ……
雪も積もらなかったなぁ……
もう、蕾をつけているスイセンだ
もう、春がそこまで来ているんだ
……大地の温もりがどんどん進みだす
ものも言わずに生まれだす蕾だよ
何気なく古い老木のひとり言……
ガサガサしたヨロイが邪魔になると
驚いた温かさだよ！　もう、早春の季節ですか……。暖冬の大地、何か
異変があるのだろうか……。寒さにより身も心も清めたい……生き物の
願いなのになぁ。……本当にいいのだろうか。老木の梅の憂鬱さ、ほこ

ろびる無数のつぼみにどう伝わるだろうか。耐えてきた無言のままの春
になる……

（作品1802号）

やんちゃな子どもら……どうしている
それぞれに楽しく遊んでいるかなぁ
大きな目、何かをつかまえた
純真な目、真実一路にいるの
一段、一段……見えてくる
大きな、大きな、心の守り神
どれだけあるのだろう……幹回り
見上げれば、見上げるほど雄大だ
生きがいのお披露目をするよ……

ここにいる……この地が大好きだもう……忘れているのだよ！　一年前のあなたと、そこにいるあなた……どこが違うの。あなた考えたことがあるの……。自分のことは自分で考える。誰も教えたり、手助けはしない。自分で解決しなければ、前には進めないだろう。自分と向き合う時間、どう作りだす。日々変化しているのがあなたたちだよ……

（作品1803号）

人が……人を殺してしまう
生きている人を抹殺する……
生きる自由があるのに……なぜ
尋常では行えないだろう……
出来ないことを、たやすく行う

その精神……どこから生まれる
あ、あ……わからないよ
よい人のようで悪い人だったり
悪い人に見えてよい人だったり
いろんな人たちに遭遇する……日常だ
取捨選択……それを、どう見極める
なかなか難しいことなんだ……
どうしたらいいのだよ！　自然は……自然として成長し死んでいく。植物も動物も生きるものすべてが命を全うする。息を止められる……不思議な光景だ。憎しみ、いがみ合い自分の利益に執着してやまない……人という動物。生きれば生きるほど欲が膨らんで消えることがない。……
自己理性、忘れるんだなぁ

（作品1804号）

桜咲く……春の日の午后
遊べば、遊ぶほど大きなすき間になり
花吹雪が舞い込んでくる……
この生き物……無防備の状態だ
絶好のターゲット見つけたり
生まれたばかりの……コロナウイルス
じっとしていない、激しい勢いだ
どんな人でもいい……感染すれば
「あっ」という間に地球を駆け回り
止めることができない……驚異的な速さだ
免疫も薬もないのだよ！　今、強いコロナウイルスが地球上を支配して
いる……もの凄いコロナウイルスの感染だ。コロナウイルスも強いもの
が支配するんだ……次なるコロナウイルスが待ち構えている。次から次

へと新しいベールを脱いでいく……。予測できないコロナウイルス、どう戦えばいい

（作品1805号）

散り始めた……それぞれの葉っぱが
離れるごとに輝きを見せる
一度だって……同じ輝きってないよ
赤みが染みわたっているだろう
冷えた朝ほど自分らしさが生まれる
誇らしさだよ……自分の色だよ
だけど……自分自身ではわからない
それは……自然がもたらす孤独
風が吹いて「さようなら」となるんだ

懐が深い……大地があるからなんだ
別れを告げる時だよ！　時季がくれば、緑なす木の葉も紅葉してしまう。
木の葉も自然の恵みで暖かな大地に還る。勇気をもってのお別れだ……
それが落ち葉になってしまう。晩秋の空しい儀式だ……振り返らない。
一心に自分を表現してくる……自然の姿のままで

（作品１８０６号）

枯れ果てた雑草の中で春がくる
じっと根づいている……白いスイセン
派手さもなく、土手の端っこで
人目をしのいで、季節を見極める……
好きなんだよ……待ちわびる姿が
長年培った家族がいるんだ

新しい子供らが芽生えだす
凛として寒さにも立ち向かい
柔らかく、柔軟な緑の葉が隣にいる
あ、あ……なんという有難さだろう
ひと雨ごとに蕾が喜んでいる
孤独に負けないのだよ！　大地の温もり尋常ではないぞ……凍りつくような冬が来ない。球根がどんどんと太り、緑の葉っぱが生い茂る。探してごらん……膨らんだ蕾が二つ、三つ見つかるから。あるがままに生きる……自然に合わせた生き方なんだよ

（作品1807号）

小川が、小川でなくなる……
夏だけではないよ……年中さ

腹が、腹が川底についちゃう
太陽が真上にきたよ……見えるんだ
大きな石の陰で休めないし
浮草など流れてもこない
夏草の日陰だけが頼りです
迷路のように流れる……温かな水
もう少し冷たさが欲しいけどなぁ……
生きる大変さがあるのです
生きる小川がないのだよ！　生きるための所を自分で選べない……小魚たち。真夏になれば流れる水が少ない、渇水だ……水草だらけ。小川に水が流れない……近い未来にやってくる。大雨だけではどうにもできないのです

（作品1808号）

そう……呼びかけてごらんと
老いたる姿、ぽつんと一休み
もう……こんなに歩いてきたんだと
大きな岩に座っています
空を見、山を見……緑が多いなぁ
だんだんと広がっていくよ……この道が
頂上まで行けば、もっと広がるぞ……
ため息交じりで、つぶやいています
ゆっくり、ゆっくり登ってごらん
もうすぐ現れるぞ……山の頂が
老いて知るのだよ！　霞んで見える山々……どう楽しむのかは自分で決めるもの。老いても自分の歩きをしなさい……一歩、一歩登っておいでと。青々とした空が広がってくるだろう……心のモヤモヤが消え、澄み

渡る天空が受け容れるだろうなぁ

（作品1809号）

四六時中空気中をさ迷い続けている
……コロナウイルスに感染したの
目に見えない、厄介な生き物
どこから来たのだろう……
途方に暮れてしまった……
簡単なことしか話せない……伝言なのだ
心淋しくなってしまう
……母さんにうつらないだろうか
……学校に行けるだろうか……
目の前が真っ暗になってしまう

なにも……できなくなってしまうのだよ
じっと考えているのだよ！　子どもたち純真なんだ。自分の意志を隠すことなく素直に言ってしまう。生き生きとした言葉になり、真剣な顔がそこに生まれる。相手の心と自分の心……どうすればいいのだろう。無心に前に進もうとしているんだ……

（作品１８１０号）

冷たい大地……無言の自然だ
冬なのに、なぜ雪にならないの……
猛暑の大地……熱風の空気だ
雷も、夕立も、なしのつぶてだ
コロナウイルス……わがもの顔だろう
四季を問わず、生き生きと感染拡大

インフルエンザさえ顔がない
生きるため、目に見えない戦いだ
母なる大地から細菌だって誕生するんだ
知らぬ間に四季が変わっていくのさ
母の懐……深すぎるんだよ
どう、戦えばいいのだよ！　知らぬ間に変貌を遂げる大地。春夏秋冬も様々な自然の顔になり、演出している。いろんな生き物が生まれ、即死んでしまうものもあるだろう。生き物どうし、どう共存するのだろう……。この大地、どう変化して、未来を見据えているのだろうか……

（作品１８１１号）

暖かな南風に乗ってきたよ
大陸からの黄砂がやってきた

それも……初夏の昼に現れた
目に見えない……微粒子だ
街を越え、海を越え、山を越えてきた
この雲が連れてきたんだよ
どんよりとした、垂れ下がる雲になり
ゆっくり、ゆっくり峰々を覆いだす
雨と風で急激に落下だ……
広々とした公海に落ちればいいのに
海を越えてくるんだよ！　風に乗り、目に見えない生き物たち……。この島に適応すれば必ずここで生まれだす。自然界って不思議な生き物が循環して発生する。面白い巡り合わせだぞ……いろんな絆が絡まって、いろんな生き方ができるんだ。地球って狭いんだなぁ

（作品１８１２号）

立春がやってきた……暖かな風だ
たどたどしく帽子が揺れてくる
夢中で歩いてくる
よちよち歩きの……一歩一歩
真剣なんだ……真っすぐに
大きく広げた母の元に
少しだけ歩けた証しなんだろう
……ほほを赤くして笑っている
忘れてしまうんだよ……最初の一歩を
あなた……覚えていますか
傍らに咲いているのだよ！　白い梅の花も満開に近い……三寒四温で
やってくる。めぐる、めぐる季節どうなっていくのだろう。春ほど自然
は生育していくよ。子供が慕うのは母親の実質なのです……生きていく

ものの願いなんだ

（作品１８１３号）

根、根、根が大地で生きている
不思議だよ……この喜び
こんなに冬が短いなんて
自分だけのものではないのです
生半可に枯れた……生き残りがいる
死んでなんかいない……耐えている
有難い……この雑草の根に感謝しよう
生きて冬を越す、初めてだよ
自然の中で……どう生きられるかだろう
風で揺られる、無言で伝えてくれるんだ

初めて見る春の空だよ……そっと見よう
どうなる、四季の季節だよ！　冬が冬でなくなってきた……枯れ果ててしまう雑草が生きたままだ。自然の四季どう変化するのだろう。地球の温暖化、どんどん進んでいく。植物だけじゃないよ……昆虫だって、アリだってゴソゴソ這いまわっている。この島の四季どうなるの

（作品1814号）

地球上に現れた……微生物
やっかいな微生物になっています
小さな、小さな生き物……宙を舞う
新しく生まれたコロナウイルスなのです
棲み心地のよい……人の体内で
どんどんとはびこってしまう

活発だ……空気中を飛び交っていく
悠々としたものだよ……衰えない
自由自在に、地球狭しと、飛んでいく
やりたい放題、変わり身の早さだ
変種、新しい変種……どう繁殖するの
手の施しようがないのだよ！　人から人へと感染し、悠々と生きていく
……コロナウイルスだ。身の変わりが速い……本当の知恵比べだよ。地
球温暖化で繁殖できるようになったのだろうか。生きる……人間だけの
問題ではないだろう。全生物……この地球で延命策をどんどん練るのだ
ろうなぁ

（作品18 15号）

早くも飛び出した……モンシロチョウ

春が来たんだと……今、生まれたばかり
何も感じさせない……柔らかい羽
おおらかな風が好きなのです
さわやかな風に心が弾みだす
もう……自分の生き方で舞っている
肌で感じているんだ……春を
喜んで、喜んで舞っていく
春を、春を先取りしている
不思議だなぁ……無言のままだよ
ウキウキしてくるんだよ！　大地の温もりで春が来る……大喜びのチョウたち。大地のすぐそばを飛び交うモンシロチョウ……一匹、二匹、次から次へと生まれてくる。今を楽しく舞うんだ、明日はわからない。自分で自分を演出する……ありのままの姿で精一杯舞っているのです

（作品1816号）

見上げれば山は穏やかなんだ
真っすぐに、真っすぐに……上へ、上へ
この現象……あまり見られない
火口に溜まった……マグマだ
時々水蒸気を噴き上げる
息抜きだろうか……わずかな微動だ
怒り狂ったように豹変する
そう、一瞬に大きな赤い炎を打ち上げる
噴火する……火山灰で一面が窒息するんだ
自然って……連動して何かが起こりそうだ
山の上の白い雲なんだよ！　この頃、風が止むことが少ない……不思議な風になるんだ。火山灰も四方八方にまき散らし、忘れたところに黒い悪魔になるんだ。山が生きている……自然が生きている。素直な白い雲、

動揺もせず浮いている

（作品1817号）

ロマンティックな雨って……
春に降る春雨だろうか
夏の激しい夕立だろうか
それとも初冬に降る霧雨だろうか
どんな雨に感じる
そんな雨、降らないぞ……
ドバァーッと降って、急激な雨だ
もう、雨にもウンザリしてしまう
癒やしも、純真さもないよ……そう、思わない
心に残る雨って、思い出せないでいる

自然の雨が少ないのだよ！　四季それぞれに降る雨……心と戯れない、
感動する雨がないのだよ。ロマンティックな雨……もう消え去ったなぁ。
心に余裕がなくなったのか……わからない、なぜなんだろう。心に刻む
ものが変わったんだよ……時の流れなんだなぁ

（作品1818号）

出口が見えない……苦悩する
昼夜を問わず無言で宙を飛んでいく
寒さにも、暑さにも負けない
自分自身で変異する……その繰り返し
能力の素晴らしい……群を抜く勢いだ
感染し、また感染し……爆発的感染だ
勢いを増しどうにも止まらない

広い地球をどんどんと狭い地球にする
街が、街が……ロックダウンに
何が残るのだろう……心の空しさが
不気味な空気が漂うのだよ！　コロナウイルスが大都会の摩天楼に襲い
来る。無表情のまま、感染拡大しお手上げだよ。大きな波をいくつ作れ
ばすむのだろうか……。明るい兆しが見えない……あ、あ、嘆きだけが
長引いていくんだ

（作品18 1 9号）

春の嵐がそこまで来ています
もう少し長く咲いていていたい……
青い、青い空に溶け込んでいきたい……
柔らかい、澄み切った空気が美味しい

今、満開の桜の花びらの心なのです
この美しい生きる命……短すぎる
つかの間の喜びであり、「あっ」という間に
ヒラヒラと花吹雪になり、舞いだすよ
……今、見てもわからない
明日の朝、それは現実として現れるなぁ……
ひとひらの花びらだよ！　自然に任せて自分をどう表現するかだろう。
しとやかで優雅に、優雅でしとやかに……桜吹雪なのだ。眼前の風景に
とらわれない……その奥にあるものをどう捉える。小さな花びらが花の
美しさを自分で作るしかないのだと。人の心に一つの癒やしを残してい
く

（作品1820号）

頭をもたげた……新しい芽
一つが芽生え……次々と現れる
春の大地が陽気に騒ぎ出す
暖かな雨……どんどんと染み込み
泥の中から伸びてくる……多いなぁ
新しい、新しい……仲間で嬉しくなった
小さな「ツクシ」にも希望があるのだよ……
慌てなくていいぞ、どんどん大きくなぁれ
進みなさい……自分なりに生きてよ
少しだけ、お天道さんがほほ笑んだ……
芽生えだすのだよ！　……春がやってきた。大きく深呼吸、美味しい空
気を吸い込んだ。この時期を逃さない……この時期を待っていたんだ。
多くの仲間が喜んで、ときめいてほしい……春の大地に感謝だ。……自

分を認めて生きなければと

（作品1821号）

考えても、考えてもどうにもならない
急速に、急激に広がってくる……
どこにいても感染してしまいそうだ
恐怖心に駆り立てられ、イライラしてしまう
己との葛藤だ……留まらない
それも昼夜……24時間だよ
生きているからこそ……苦しみ、悩むんだ
人がこない、山や海だろうか
人が少ない、田舎の里だろうか
生き続けているよ、己もコロナウイルスも

生きるために棲んでいるのだよ！　相手から見ればどうだろう……生き物すべてが元気そのもの。あらゆる生き物が生存し、病気し、運動し生きている。感染し、生きる……生きるから感染する。死ななければいいんだと……生きてる証しなんだと

（作品1822号）

もどかしさがまだまだあるんだ
堂々と……自己主張しているの
自分らしい……誇らしい鳴き声だ
あと、３カ月もすれば満足できるのです
まだ、まだ道半ばの声だよ
急がなくてもいい……じっくりと練習だ
聞きほれる高い鳴き声が生まれだすよ

どこまでも響き渡り、ほれぼれしだすよ
たたずんで……じっくり耳を傾けて
聴いてくれる……ありがとう
自分で自分を励ましているんだ
活き活きとした鳴き声なのだよ！　小鳥のいろんな鳴き声が響いてきます。初夏の森で自分の鳴き声をマスターする……恥ずかしがらず練習を続けることなのです。感動させる鳴き声……鍛えるしかないのです。ひとりぼっちの鳴き声……小さな自分の響きになるのです

（作品1823号）

それぞれに春の演出が始まる……
それを呼び起こすのも……大地の温もり
待ちわびていたサクラたちも峠だなぁ

桜吹雪になり散りだした……
チューリップ畑が色とりどりに
赤、黄、白、ピンクと豊かなバリエーション
夕日に染まりだす……菜の花の群れ
庭にも小さなスミレやパンジーだよ
待ちわびていた花々が多いこと
それぞれの花……短命すぎるのだ
うつろいではダメだよ！　花のあわれさを惜しんでも元には帰らない。
わずかな華やかな時を自分で彷彿させる……なんと素晴らしいことだろう。それも黙したまま……自分の生きざまを熟知している。着飾っても
仕方ないだろう……自然の流れに従うしかないなぁ

（作品1824号）

だんだんと仲間がいなくなっていく……
哀れな野の上げヒバリになってしまった
陽気な春風が大好き
勇気をもらってトライできる
春一番の鳴き声……春を知らせる
高く上がれば上がるほど……
あ、あ……なんという幸せな
もう……競うことができない上げヒバリ
小さな家族、心細りなのだよ……
空いっぱいに歌い続ける、それが春です
とどかない鳴き声だよ！　野の鳥も生き方を変えなければ棲めないぞ。
原野が狭められ棲みかがなくなった……卵をヒナにかえす所がない。野
の鳥たちにとって未来あるだろうか……哀れな野の鳥になるのだろう

なぁ

（作品1825号）

予期せぬ時に……予期せぬ所で
地球からの大きな贈り物
一瞬に揺れ出してしまう……
真下だよ……足の下だよ、大地だよ
小さく揺れ、横揺れを起こす
大きな縦揺れが怖い……どうしよう
短い時間だ、揺れが止まらない……
顔面がこわばり……心がパニック
自分の心、ゆとりなど無くなるんだ
あ、あ……慌て出し、何もできないままだ

激しい揺れ……地球は生きていく
激しくなる自然だよ！　激しさを増す地球の行動……生きている証し、まざまざと見せつける。春夏秋冬……時と場所を選ばない。大きな行動を起こし、大きな衝撃だけが残る。どう受け止めたらいいのだろう……。
四六時中、自然からの行動が起きている

（作品1826号）
フワフワした……白い雲
平坦なようで凸凹が多いんだ
そう、見た目と全然違うんだ
風に流され、どこまで浮いていくのよ
それも……重なり合い、押し合い、圧し合い
「あっ」という間に浮き上がり

見る見る間に、消えたり離れたり
衝突しても、すましたものだよ
どれが勝って……どれが負ける
深い、深い……青い、青い空なんだ
浮いている雲だよ！　意識して見たことがないだろうなぁ……。真上の
空の中で浮いて遊んでいるのさ。風に流され、激しく激突する……生き
残らなければ、すぐに消え去る。慈悲もなく、愛情もないこの白い雲
……何を考え、どう行動するのだろうか。この白い雲に乗って遊びたい
……

（作品１８２７号）
あなたたちが喜ぶのは、満開の桜だ
それが過ぎれば見向きもしない

この島国の不思議な人々なんだよ
……花の優雅さなど一時的なもの
……花吹雪で終わりだ、短命だ
鮮やかな葉桜……桜の命だよ
緑の葉が生きるための連絡網
いきいきとして、宇宙に溶け合い
大きな幹をつくっていくのさ
大地に広げる……鋭い根、心臓だよ
生きるため……花は見世物なの
初夏の桜の下だよ！　緑の葉っぱに毛虫がいっぱいいるよ。葉っぱを美味しく食べている……柔らかな葉っぱなんだ。葉桜からが桜が自然に帰った生き方なんだ。夏の暑さに耐えていくことを経験して、一つの年輪を越していく。桜吹雪……一時的な生き方だろうなぁ

（作品1828号）

いつもと変わらないで回りだす
無言の太陽……目覚めが早い
じわじわと迫っているんだ
離れようたって、離れられない
永遠の運命だよ……太陽と地球
もうすぐ始まる……灼熱地獄
真夏の、真昼の、赤い悪魔になって
悪夢が動き出してくる……この軌道
今……オゾン層がなくなった
さえぎってくれるものがない
広い宇宙の地球だけの異変かなぁ……
我慢する生き物たちだよ！　海も熱くなり、大地も熱い……手を緩めない太陽だ。あ、あ……余裕をなくした生き物たち。真夏の猛暑に耐える

勇気……正気を失っていきそうだ。真っ赤に燃えだしてくる……長い、
長い午后だよ。どこで、どう過ごせばいいのだろう……

(作品1829号)

雨、雨、あめの連続だった
長い、長い一週間だった
空を見上げても……青空がない
灰色の雲間から大小の雨……激しかった
山膚は無残にもむき出しのまま
折り重なった……大小の木々
岩が、ゴロゴロと転げだしている
ぬかるんだ足元……ひざまであるよ
途方に暮れる……陸の孤島

悲壮な叫び声がこだましてしまう
小さな鳥が羽を広げて奮い立つよ……
雨が止んだのだよ！　太陽の輝きが現れた……喜ぶ朝だよ。生き物たち
の無力さ痛感させられた。生き方が試された……明日ではなく、今なん
だ。さあ、行動しよう……さあ、足元から新しい生き方を探さなければ

（作品１８３０号）

ヒラヒラと、ヒラヒラと宙を舞う
私たち何のために舞うのだろう
つぼみの時は……何を夢見たのだろう
咲いた時は……何を考えたのだろう
楽しませることだけが花なのだろうか
私の生きがいって何だろう……

自分のために咲いたのだろうか
あ、あ……何という生きがいだろう
この短い満開の生きがい……何だったの
省みることもなく……別れだした
無言の突風に連れ去られてしまう
野に咲いている桜だよ！　咲く時期がだんだんと早くなってきているよ
……冬の寒さがかすんだ感じだ。耐える時間が短い……大地の温もり大いにある。根元の草を見てごらん……枯れずに冬を越している。野の四季の生き方に変化が生じています……散るそれは始まりなんだ

（作品１８３１号）

お、お……い、青い空を見たぞ
夢にまで見た……青い、青い空だよ

死ぬ前に一度見ているんだよ
なんでだ……灼熱した大地だよ
棲みかが温泉、温泉地獄になっている
ひんやりとした……冷たさがないんだ
ほら見てごらん……全身が水膨れ
どうやって動けばいい……動けない
煮えたぎって、のたうち回っているんだ
泥から追い出される……大変な夏だ
大地の熱い、熱い真夏だよ！　地中での生き物に大きな異変あり……みずみずしい暮らしが一転する。大地が灼熱地獄だ……悲惨になる、息ができないのです。……ミミズ君たちが見るも無残な格好で地上に放り出される。われとわが身どうしようもないのだ

（作品1832号）

いつもほほえみを浮かべている
観音さんの顔をマジマジと見たよ
このほほえみ……どこから現れてくるの
柔和な顔……どうしてできる
清らかな秘められた奥からだろうなぁ……
一つの欲望もないのだろう
あなたの心……ありのままだろう
湧き上がる心……いつも現れてる
自分でしか自分の心は作れないでしょう
「ありがたい」と思う……多くの心だよ
風が香りを運ぶよ！　躍動するよ……生まれて、成長し、衰え、そして別れ。自然の生きるものが循環する……。春の風も潤滑油になり装いを清らかにしてくれる。自分の強い意志を示し、自分で変化をつくり、さわやかな香りを運ぶ風だよ。受け止めるのは「あなた」なんだと……

（作品1833号）

このわずかな一瞬を……逃さない
雨にも負けたくない……小鳥たち
朝からの運動だと言わんばかりに
木々の間を飛び、濡れた大地をつつく
ハトも、小さなスズメも
崩したら一日が始まらない……
自然と暮らす朝の挨拶になる
……小さな雨などヘッチャラさ
自分の判断で、自分を面白くする
教わりもしないのに見つけ出している

わずかな時間、雨が止んだよ！　生きる小鳥たちは見逃さない……雨がくれた自由な時間だ、生きるための有難い時間だ。うっとうしい雨……雨に打たれて死ぬ仲間もいる。自然っていろんな怖さを目の前で起こすのだ。梅雨の雨も、ただの雨ではないようだ……

（作品１８３４号）

ローカル線の回復は難しいなぁ……
故郷に続く……二本の線路だよ
枕木も夏草の中にあるんだよ
思い出深い人の列……顔、かお、顔
だんだんと遠ざかってしまう
もう……あの時は帰らない
聞き覚えのある……ゴト、ゴト、きしむ音だよ

心を癒やし、楽しませてくれていたのに
もう……忘れられた響きに
なつかしいという……不思議な感覚
心に響く音だったんだよ！　列車の音……心にある、時を告げてくれる
音だったのです。捨て去られた音になり、哀れな音として心に響き渡っ
ている。大地と共鳴し合って故郷を揺り起こしたんだ。心に刻む風景
……生まれてきそうもないなぁ

（作品1835号）

海辺が織りなす風景……
つづら折りになり、どこまでも続いてる
海の入り口……どこだろう
ピチャピチャと小さな岩をたたく波だ

この波、海中深く動いてる……
岩の喜びは……何だろう
波の悲しみは……何だろう
波の音だけが響くのだろうか……
大波が打ち寄せれば、涙を流す岩なのか
優しい波では、物足りないかもしれない
岩と波の愉快で楽しい一日なんだ
岩礁なんだよ！　潮の満ち引きで現れるよ……海の岩だよ。悲しい波も、楽しい波も知らない……黙したままでいる。小さな小魚が突いて楽しませてくれるんだ。この悦びをどう表現すればいい……隠れた幸せだよ。
見果てぬ夢も、見果てぬ虚しさも浮いたり、沈んだりしているんだ

（作品1836号）

カラスが一列に並んでいる……
じっと、東の空を見つめている
何を思い、何を行動するの……
カラスの心……どう捉えたらいい
ガァ、ガァと騒ぎ出したんだ
それに同調した、鳴き声だったのだ
どこまでも響くんだ……この威圧が
この戯れ……勢力争い、仲間割れ
急に飛びし四方八方……ばらばらだ
さぁ……これからが僕らの行動だ
もうすぐ初夏の陽気だよ！　繁殖期になるんだ……若いカラスほど自分をアピールしてくる。もう……一人前、頼もしいカラスが生まれだす。
どう、生きていけばいい……教えてくれるのはいない。生きている自然

に、どう対処していくかだよ

（作品1837号）

……自己主張がこれなんだ
よちよち歩きの小さな子
私は……「はい」ここにいますと
キョトンとした赤ら顔の観音さん……
生きる行動を起こすのだよ
自分のことは自分でと……何食わぬ顔になる
そこは内なる部屋のアパート……
歩けばすぐに壁だ、突き当たり
歩けないと……泣き出した
楽しい公園、ひとり歩きがしたいのだ

嬉しそうな、頼もしさ旺盛だ
歩き出す楽しさだよ！　どんどんと成長する……歩くことが楽しいのだ。
チョットも目が離せない……立ち止まらない、わが道だ。自由自在に動
き回れ、歩く、歩く実感がわくだろう……。心の芽生えだ……

（作品1838号）

大好きな葉っぱ……どこにあるの
目の前にあるんだよ……
自分が見つけた真新しい餌だ
雨の中で芽を出している
ツルツル滑る……柔らかい葉っぱだ
どうしても行きたい……あそこまで
どうしても食べたい……食べなければ

腹ペコなんだ、夕食がまだなんだ
今、食べなければ夕食抜きだ……
雨の中に向かって……動き出していく
判断がつかないままだよ！　雨の中で生き続ける……初めての経験。生きなければならない……食べ物が優先するんだ。成長するための一里塚だろう……。自分で決断だ……自然がじっと見ている。急がないと思えば急がない……ありのままの自然がある

（作品1839号）
新緑の葉っぱって……美しいでしょう
みずみずしさがキラキラしているよ
それぞれに……自分の色になり
それぞれの個性で……豊かさを広め

それぞれが自分の生き方を作っている
それが……木々のコラボレーション
小鳥のさえずり、森がよみがえる
生きる喜び、伝わってくるよ
黙したまま……豊かさを染める風になる
自由に遊べる……森が欲しいんだ
無表情の森だよ！　殺伐とした森が多すぎる……。遊べる森をつくらなければ……少ないのだよ、見つからない。ソワソワした世界を作り出す……光の存在があり、風のすがしさ。生きがいを示しているのは……真新しい葉っぱなのだ。無意識に朝日に輝き、静かに夕日に染まる

（作品1840号）

山の生き物に悲劇が走る

予期もしなかった……山の崩壊
雨、激しい雨だ……目の前に降る
表現できない雨だ……昼夜わからない
草も、木々も、昆虫も、鳥も……
息をひそめ、濡れたままの体なんだ
かすかな音だ……きしむ音のようだ
ジワリジワリと崩れだす……山肌だ
あ、あ……泥をかぶり流される
流されていく、流れ下る……
「あっ」という間に、真っ暗闇だ
生まれた山、遥か彼方だよ！　生きるものすべてが泥をかぶり、ちりぢり、バラバラの運命だ。なすがまま、なされるがままの自然だ。一瞬、一瞬の連続でここまで生きてきたのだ。雨の連続……大きなエネルギーを生み出すのだなぁ。自然に境界はないのだと……そこで生きなさいと

（作品1841号）

小さな生き物……アリさん鋭い感覚だ
大地の温もりを一番知っている
凍らなかった大地……春が来たのだと
枯れ草や落ち葉の下で過ごしたよ
深い、深い眠りではなかったよ
冬眠ではなかったようだ……睡眠だ
フラフラした日々もあったよ……
急激に温度が下がったよ……寒波だ
落ち葉の下でエサを探し求めたよ
落ち葉の温もりも実感したよ
凍死しなくてここまで来たのさ
目覚めだす春だよ！　待ちこがれる春、生きるための春……とうとう来たんだ。春を告げる大地……暖かくなった大地だ。……それぞれに黙々と働きだしている、それが春だと。まったく気づかないことが多いんだ……

（作品1842号）

雨雲って……どのくらい厚いの
僕は黒い雲、私は灰色の雲
重なり合ってしまっているからだよ
どのような雲……面白い雲になるよ
水蒸気をたらふく含んだ分、厚くなるよ
宇宙のエネルギーで矢継ぎ早に変化するよ
大きな雨になったり、小さな雨だったり
すぐに地上に落ちたいと、夢見ている……
青い、青い海原に帰っていけるからだよ

……途中で消えることも多いんだ
雨のエネルギーが尽きないのだよ！　今朝降る雨……猛烈に、激しさを
増している。大地も乾燥し索漠とした風景を生んでいる……。雨が去っ
てしまえば、何の痕跡もとどめない。共に生きてくれる……。雨を生か
すのは……天だろうか、地だろうか

（作品１８４３号）
いま……鳥も人も悩んでいます
生き物について回る、見えない生き物
鳥が運んでくる……鳥インフルエンザ
人が感染している……コロナウイルス
南から、北から、西から、東から……
どこから来て……どこに行くのだろう

今……この地球がてんやわんやの大騒ぎ
真っただ中にいるのが、人、ひと、人なんだ
棲みよい環境……それは生き物だけではない
生きている自然……不透明な明日に
自分の命、大切なんだよ！　長い年月をかけて地球が変動するんだろう
なぁ……。進んでは止まり……止まっては進む……。生き物も環境に合
わなければ死に、合うものが新しく生まれる。生き物にも取捨選択の始
まりだ……。人という生き物……環境に適合するのだろうか

（作品1844号）

今、この土地で咲かせてもらおう
知らぬ間に隣の庭で芽を出した
私……気付かなかった

広い庭で白い小さな花が揺れている
私……喜んでいます
チョウやハチさん、ありがとう
私……小さな種でよかったんだ
どこにでも自由に運んでもらえるから
やっかいな花と言われないだろうか
飽きるほど一面に白い花を咲かせるから
揺れる白い花だよ！　どんな花であれ、時季が来れば芽を出し、大地に
寄り添って成長する。雨に打たれ、風で飛ばされる……一つの試練なの
です。自然が運んでくれた大地を選り好みしない……。どこにでも花を
咲かせる、その勇気が必要なんです

（作品1845号）

花には……甘い蜜あるでしょう
生きるためにどんな花でも好きなの
まだら模様の……小さなチョウさん
あわただしく、勢いよく飛び込んで
朝だ、朝が来たんだと起こしだす
私……甘い蜜が欲しいの
甘い蜜……もうできている
一番甘みがあるのが朝なんだ
よく知っているのだよ……私
少しでもいいから飲ませてよ……
優雅にたわむれておきたいの……
いま、生きなければならないのだよ！　チョウさんも今が一番大事なの
です。昨日は過ぎ去ったこと……明日のことはわからない。食べ物だっ

て蓄えられない……その場で花から蜜をもらうの。小さな生き物だもの
自然からの影響をもろに受けるのです。花との存在忘れられないのです

（作品１８４６号）

わずかな時間……通り過ぎていく
大きな傘と小さな赤い傘……
時々交差し、並んでいくよ
もくもくと、一人歩きの黄色の傘
落とし物を探すように……うろつく傘
忘れ物をしたかのように……急ぐ傘
傘もささず、友の傘に一緒だよ
雨の朝って、楽しむ子供たち
雨に濡れて走り出していったよ

学童の道……すぐに忘れ去られる
降ったり、止んだりだよ！　雨と聞いただけで憂鬱になってくる……な
ぜだろう。アマガエルの鳴き声も遠くなり……雨の降る日々が少ない。
雨が降る……激しく降る雨のイメージしかないなぁ。子供たちの心に小
さな雨、あめ……心にどう響くのだろう

（作品１８４７号）

ささやきだすよ……心の奥で
前を向いてゆっくりと上ってよ
今日は……友達と二人、久しぶり
前の時は……子供たちときたよね
その前の時は……お母さんたちと大勢で
楽しそうに話して上っていたよ

少しずつ変形している……古い石段
歩いてわかるだろう……
風雨で泥が流されていくんだ
木々の根っこが現れているだろう
心の風景……同じものはないよ
古いものが語りかけるのだよ！　古いものが置き去りになり……どんどんと廃れていく。新しいものに目がゆき、かわいそうだよ。老人には荷が重すぎるだろうなぁ……。いくつもの古い道、いくつもの辻が続いている。心の目、癒やしの心……どう作ればいいのだろう

（作品１８４８号）

ムンムンする真夜中の街だ
暑くて、暑くて……額から汗だよ

大きなビル街だもの、当たり前さ
冷たい自然の風、消えてしまったのさ
星空も見えない、お月さんも見えない
夜の世界があるのだよ
昼は灼熱地獄……夜は冷酷非情
激しく、厳しい昼夜の温度差
岩や石ころ、水もなし……空気も薄い
何もない、何もない……お月さんだよ
追い求めるがいい……猛暑の大地に
熱帯夜続きの猛暑だよ！　猛暑の地球……南極、北極の氷山が崩れ出す。
氷河が流れ世界の山々が露に。海の水が熱い……島が消えてしまう。あ、
あ……この地球が崩壊してしまう。ロマンチックな夢も消えてしまう。
お月さん、お星さん夢ありそうで、夢わからない……

（作品１８４９号）

ガサガサと、どよめきだす小枝たち
もう……生きる限界だと
木枯らしに乗ってあおられています
もう……終わりなんだなぁ
まき散らす準備は、もうできています
……黄色の歌声、どこまでも響き
……別れの大合唱、みんなでやろう
一夜では華やぐ心をなくしたくない
この鮮やかな黄色……惜しみたい
深まる秋よ、もう帰らない時間よ
秋を惜しむ朝が来たよ！　晩秋も十二月半ばにやってくる……。大きく繁ったイチョウの木々も落ち葉になっていく。ありのままの自然はありのままで終わるのです。短い秋になり、短い晩秋で……秋、終わる。いつ変化するかわからない四季の節目なんだ……

（作品1850号）

歩いてごらん……いろんな生態が現れる
春の風にゆらゆらと揺れている
ふ化しえたのだろうか、どうなの
モンシロチョウ……ぶら下がってる
気持ちよさそうに眠っている
「アッ」と驚いたようで……
慌てて舞いだしていくんだ……
野原いっぱいめぐり逢いがある
黒い大きなチョウが頭の上に来たよ
「あっ」という間に屋根を越えた……

自然の中で生きているんだよ！　チョウ……いつ、生まれたのだろう。興味のある人々が少なくなっていく……老人も子供も。チョウと追いかけっこをしてごらん……早いぞ。時間が止まったようなダンスをしている優雅さ……癒やされる。じっと見ている時間をつくらなければ……

（作品1851号）

……もう暑くなっている
この夏どうなるのだろうか……
不気味なクマゼミの群れが鳴く
……早朝からの一斉の勤めだ
すぐ疲れるぞ……朝の小休止
この木に集まろう……集合だ
さぁ止まるぞ……下から上に一列だ

スタミナ温存、鳴けなくなるぞ
猛暑の一日が長い、長い午后になる
声を潜めて……じっと我慢だろうなぁ
木陰の中で遊ぶのだよ！　猛暑の中を生きていく……早朝に鳴いて、夕べに鳴くだけ。……真昼には鳴かない。涼しい木陰で小休止……息を潜めているのです。自由に飛んで、自由に鳴いて……楽しく生きる。ここでの生活どうなるの……身を任せていいのだろうか

（作品1852号）

ぶつかりあって飛んでいたのに
にらめっこした、仲間が少ない
この時季になっても、増えてこない
どこに行っているのだろう……

もう夏の盆だよ……ショウロウ様だよ
青い空、白い雲、青々とした稲があり
仲良く、自由に輪を描いていたのに
何が狂わせたのだろうか……長い雨か、猛暑か
自然の変動わからないままなんだ
僕らにも異変……感じてくる
夏の異変続きだよ！　この空を飛んでいるのだよ……。あんなに長い雨があり、一瞬にして猛暑に突入だ。生まれてくるところが泥の中だよ
……生まれるのに必死だ。少なくなっても自然と一緒に生きるしかないのだよ。未来……どうなるのだろう

（作品1853号）

もう……運ぶものもないよ

小さなアリさん……鈍くなりだした
大地もどんどんと冷たいよ
大きな塊になり……動かない
みんなが集まれば暖かい、暖がとれる
アリさんの知恵、省エネだろう……
教えなくても知っているのさ
協力して寒い冬を乗り越える
生きていくアリさんの一つの生活術
冷たい大地を脱出しよう……
緊張がみなぎる瞬間だよ！　春夏秋冬いいことばかりはないよ。冬の寒波をどう越える……。生きるための信念だよ。どんな生き物にもそれが薄らいだらダメなんだ。生きる本性……ゆがめないことなんだ。環境が変わっても、生きてこそ……アリさんの証しなんだ

（作品1854号）

山里に野生の動物が現れる
シカがそっと……首をかしげている
野猿が木から木へと飛び移り、屋根にきた
我が物顔で里の住人とのご対面
あなたたち……今何をしているの
逃げ出す気配、どこにもない
動かない、様子をうかがう余裕なんだ
田の畔をノッシ、ノッシと歩いてくる
イノシシの大家族……すごい姿だ
子どもを4〜5匹連れて、いざ出陣
勢いが違いすぎてきているよ……
悠々として生きているのだよ！　野生動物の生きざまがすごい……想像以上だ。追われているのはどちらなのだろう……金網の中にいるのが住

人。美味しいものを選んで食べているのです。野生動物との共存……なかなか難しいだろうなぁ。荒らされてしまう……畑も山も

（作品1855号）

庭に咲いていた花……赤、黄、白
梅雨には勝てなかった
跡形もなく、泥に埋まり……消え去った
どこにでもある……パンジーです
狭い庭の隅っこで咲いていたのです
見られる喜びを知ったよ……華やぎ、楽しみ
それぞれに輝きを示したよ
あなたの心にどう残っています
名残惜しいことなどないのです

つぎに期待する花……あなた、どんな花
予想さえできないのだよ！　混沌とした春夏秋冬が到来している。小さ
な花にも様々な生き方がしいられる。激しい雨が嫌なのです……どっと
降って頭から泥だらけ。息ができなくなって窒息、悲しい。自然からの
あるがままを受け入れよう……

（作品１８５６号）

相手のことなど意も関知しない
コロナウイルス……どこまで広がるのだろう
川に浮かぶ精霊船のように流れ
酔っぱらいのように道をさまよい
たどり着くのは……人ごみの中
もまれ、もまれて自己を発揮する

目にはわからない……コロナウイルス
まき散らされる……コロナウイルス
平等に接触し、平等に感染してしまう
正体がわかったときは……さぁ厄介者だ
なにが目的なのだ……コロナウイルスよ
黙したままの向こう岸だよ！　長い時間かけてそれぞれの生き方を作り
上げてきた。誕生したばかりのコロナウイルス、がむしゃらに自分の
生き方を作り出す。感染拡大の速さ……「あっ」という間に地球一回り。
人がいる限り、感染し、能力を発揮……いつ共存できるコロナウイルス
になるのだろう

（作品１８５７号）

あ、あ……なんということだ

僕によく似た……大きな仲間だ
囲いの中で右往左往している
必死でもがく、激しい動き
全エネルギーを投入し……体当たりだ
罠にかかってはどうにもならない
美味しいものを食べたい……
生きていれば……必ず起きてくる
僕だって匂いにつられてきたのだよ……
生きる望みが絶たれてしまわないように
ゆっくり……ゆっくり逃げよう
手助けできないのだよ！　捕獲されればもう終わり……。餌がなくなる
……冬の時季が一番生きるのに厳しい。山や原野……知り尽くしていて
もダメなんだ。自然の恵み、先細りになってくるのだ……。美味しい餌
に胃袋が我慢してくれないのだよ

（作品１８５８号）

午后の時間だ……青い、青い空
猛暑が続く、照り付ける太陽だ
だんだんと空気が熱くなり、風もない
騒ぎ出すクマゼミさえ騒がない
じりじりとした陽ざしがそこにある
自然が作り出す……息苦しい時だ
こんな現実、想像しただろうか……
何かの衝撃を待っているような青い空
浮いている雲よ、ギラギラと輝きだした
……不思議な黒い雲になったよ
容赦しない猛暑だよ！　どうしたら生き延びられるかと、じっと耐えている。すべての生き物がやすらぎを求めている。一時的な雨でもいい、大地を濡らしたら「ホッ」とする。猛暑の中で黒い雲も消え、期待はずれになったよ。先の見えない未来へ進んでいくのだろうか……

（作品1859号）

宇宙から見えないだろうなぁ
真夏の午后……地球が狂いだす
コロナウイルスの襲撃……感染拡大
どうにもできないコロナウイルスだ
動けば動くほどコロナウイルスの的中に
隙を見て……どんどん攻めてくる
猛暑でも意に介さず……入り込む
遮断しようにも遮断できない
悪夢……真夏……動けない
生きている心地がしないでしょう……

さぁ人々よ……どうするのかと
無言での挑戦状なんだよ！　自然の中で生かされている生き物……人々
なのだ。熱波でも生き続けるコロナウイルス、空を舞い感染拡大する。
とんだ生き物がこの地球に出現したものだ……窮地に立たされた地球の
人々、自分の言葉を信じて進むしかないだろう……

（作品1860号）

好きな所へ脱出したのかなぁ……
緑なす稲田の住人……カエル君
あの……ゲロ、ゲロとした大合唱
やかましいほどの連帯で鳴いていたのに
どこからも聞こえない……不思議だ
通わない、響かない……夕べになっても

もう……この稲田にはいないなぁ
この稲田……住めるところではなくなった
生き物ほど現実を見極める……
ありのままの生活がそこにあるからだ
乾燥した稲田……くっきりとわかるのだ
どこで合唱しているのだよ！　長続きの雨、終わりなき猛暑、押し寄せてくる。自然が見せる、自然の変化……生きる泥沼がなくなった。雨の動向……生き物に影響するんだ。雨が欲しい……あの雲、雨雲なの。願っているんだよ……雨よ、降れ、降れと

（作品1861号）

ほったらかしの土手で伸びていく
一度切ってもダメ……すぐに伸びる

風にそよぐ小さなササ……
根が、根が、地中で頑丈だ
白く細い根……四方八方に
絡まり合いながらどんどんと伸びる
死なない……根があれば生きたまま
少しの芯が地上にあれば息をする
ガサガサとざわめく厄介者だ
隣に新鮮な真新しい芯が芽生えだす
どんなところでも自己表現だよ！　土手に人の手が加えられない……生
い茂るササの群生。小さな森にも、原野にも……。生きる力も凄い、空
き地があれば競い合い、強い根になる……。風に揺られて、風流なわび
しさを奏でるのです

（作品1862号）

バッタさんも、カマキリさんも
……日陰を探している
どうなるのだろう……
雨が降らない、夕立も来ない
……もう、何日も続いてる猛暑だ
陰もなし、水もなし、エサも見つからない
水場もとうとう消えてしまう……
休むところが見つからない
飛び跳ねる……力も、元気もわかない
重苦しくなってくる夕暮れだよ
あ、あ……どう乗り越えたらいいの
生きるところも乾燥だよ！　昆虫たちにはどうもしようがない猛暑だ。
容赦しない太陽が朝からあり……大きなダメージになる。生き抜けるに

はどうしたらいいの……止まって考えるのではなく、動きながら考えなさいと

（作品1863号）

あんなに輝いていた……織姫と彦星
夏の夜空に広がる天の川
見たいけど、見えないのだよ
はるばる宇宙の果てからの輝きなのに
なぜ、現れてくれないのだろう
この地球が変化し続けているからだろう
温暖化…… 一歩一歩進んでいる
空気も汚れている……不思議だなぁ
美しい地球でないよ……嘆くよ

きらめいてほしい地球……願いなんだ
悲しんでいる星座だよ！　あの小さな地球、夜になっても冷え切らない
でいるぞ。いくつもの熱い層ができているぞ。澄み切った空気……淀み、
汚染されている。地球の環境……宇宙との調和どうすればいいのだろう。
自分では作れないだろう……オゾン層が破壊されている

（作品１８６４号）

雨だって……晴れていても降ってくる
このあたり雨の通り道なのだ
あの灰色の雲がそうだよ……
それも急にやってくるからねぇ
風に吹かれて、いそいそとやってくるんだ
ほら……「あっ」という間に現れた

雨の帯がまっすぐ走り出している
見ていてわかるだろう……雨の幅だよ
逃げても、逃げても追い越していく
自然って……いろんな現象があるんだ
自然って不思議なんだよ！　面白いんだよ……雲の流れで雨を予測する。好むと好まざるとにかかわらず自然が教えてくれる。知らず知らずに体験し、生きるための知恵を授かっている。空ゆく雲、いろんなことを秘めて流れているんだなぁ。生きる知を捨ててこそ、自然の知がすぐそばにいるのかなぁ

（作品1865号）
南方の海で生まれた、小さな渦
ゆっくり、ゆっくりと動き出す

広大な海、熱い海面をすべりゆく
水蒸気を吸い込んだエネルギーだ
大きな渦になり……うねり狂い
怒濤の如く発散し……北上の進路だ
息をひそめ、身をひそめる魚たち
のみこまれてしまうんだ……
風は狂った竜の叫び声になり
雨は大粒で血走り、泣き止まぬ
変身した悪魔だ……真夏の台風だ

自然のいら立ちだよ！　広大な海水の温もり、この地球操っている。気象変動……海水の温度上昇がもたらしているのだよ。真夏の台風見てごらん……雨、風ともに自然が作り出す異変だ。島国の美しい四季……なくなるかもしれない。あ、あ、癒やされていた春・夏・秋・冬が遠くなっていく

（作品1866号）

海と空の間で、ただ浮いている
小さな白い塊……白い雲
風もなく動けない、何かを待っている
あの白い雲に乗りたいなぁ……
雲の上から眺めたい、雄大な海を
見ることのできない、はてしない水平線
この小さな島……どのように見える
入りこんだ湾……どんな姿だろう
あの大きな岩……どんな形だろう
白い雲と果てない海に……夢一つ
浮いている白い雲だよ！　雲への夢、なかなか持てないでいる。流れが激しく、一瞬に変化し、消えてしまうからだよ……。真夏の雲見てごらん……。それは果てしない……何を考え、いつ動くのだろう。じっと耐

えて動かない雲……懐が深い雲だよ。ひとりで自然に溶け込む心だと

（作品1867号）

ここ、古い港なんだろうか……
何もない……小さな防波堤
……潮の香りは十分すぎる
人恋しく飛んでくる海鳥
壊れたままの古びた屋根があり
小舟を止めるだけだったんだ
今はもう……釣り人もいない
住人さえも見放したところだよ
あ、あ……なんという哀れさだ
打ち寄せるさざ波、変わらないままだ

海の香りが満載だよ！　希望をくれる海……春くれば柔らかな海、夏くれば熱き血潮に、秋くれば癒やしの海、冬来ても輝きの海。時代とともに捨て去られる小さな港。ただ、地図に載っているのだろうか……

（作品1868号）

ありのままの姿を見せなさい……
庭の片隅に咲く花にも
日陰の下に咲く花にも
「でん」と根を張れという……
この大地……どこもかしこも柔らかい
早くても、遅くてもいいんだ
時期がくれば、どこかで咲くのだと
今、咲く花よ……自己表現をしてよ

自然が見てるさ……その美しさ
大地の母、偉大なる心根の太さだと
生きる命があるんだよ！　花が咲く……四季それぞれに花が咲く。その折々に個性豊かに自己表現をする。美しい花も、嫌いな花も……見る人の心の持ち方なのだ。一瞬で散ってしまうことだってあるさ、消えてしまえば終わりだよ。花の命「あっ」という間だよ……大きな芯に大輪を咲かそう

（作品1869号）

秋の彼岸……暦の上でだよ
空気も熱い、風もそよがない
夕日は落ちても、まだまだ夏だよ
土手の雑草、勢いよく生きている

猛暑の残りが引き続いています……
はるかに遠のいてしまう……季節だよ
ぼつぼつ芽生えだすよ……曼珠沙華
芯が細い、あまりにも細いよ
咲く花……大きく咲けそうもない
生きる望みが薄らいでしまいそう
もうすぐ彼岸だよ！　季節の一つの区切り……暑さ寒さも彼岸まで。大地が熱くなり大地自身ではどうにもできない。大地に根を張る植物……一瞬に咲き、一瞬に終わる。哀れなる、運命の花を咲かせるのだろうなぁ

（作品１８７０号）

濁流が走り、とどまることがない

濁流の勢い、どんどんと増すばかり
見る見る間に堤防を越えてくる
どうにも止まらない……
弱い所を一気呵成に襲いかかり
「あっ」という間にオーバーフロー
一つを越えれば意のままだ……
街に流れ込み……ドロドロとした街へ
家々に侵入し、唖然とさせられる
洪水だ、何もできない……ただ茫然と
予知できない長雨だよ！　雨が降る……。気候変動の雨だよ、温暖化の
雨だよ……自然は自分の行為を無言で行う。予知することが不可能にな
りつつある……現代の雨だ。雲も変化する、一つの雨雲ではない。自然
の変化、鋭く速い……わからない雨量になる

（作品1871号）

この広い空で何をすればいいの……
わからない……ただ浮いている
どこで生まれたのだろう
どの海で生まれたのだろう
近くの海だろうか、遠い海だろうか
風に乗り……西からやってきたのだ
白い雲になりプカプカと浮いている
青い空だ……どこまでも青い空
見渡しても、見渡しても……青い
いつまでいればいいのだろう……
真夏の海の上だよ！　青い空と青い海、どこまでも青い。海の上では、何が主体なのだろうか……紺碧の状態では全然わからない。空か、海か、雲か……流動するのは白い雲だ。初めての空の旅を、一心で進み楽しんでいるのだよ……

（作品1872号）

この雨が生きている
どこから落ちてきたのだろう……
大きな粒になり落ちてくる
大きな音を立てて落ちてくる
走り出しても、もう手遅れだ……
頭を痛いほど叩いています
目の前の光景、見えなくなった
激しく、狂ったような滝になる
考える余地を与えない……
雨がくれた試練……一瞬に終わる

傘もない、呆然と……ずぶ濡れの体だ
真昼に降る雨だよ！　晴れていた空からポツリポツリと……天を仰いで
も青い空なんだ。雨が降りそうな雲、見当たらない……だけど降ってく
る。ゲリラ雨だ……どうなるのだろう。雨の悪戯ではないぞ……自然が
変化しているんだ。未来からの忠告かもしれない

（作品１８７３号）
大地へのお返しだろうか……
一度降り出した雨、四六時中降り続く
止むことなく降ってくる
いきいきとした活発な雨だ
無言の雨……空からの恵みだ
乾燥した……自然が喜びだす

山も、原野も、草木も、動物だって
待ち望んでいた雨だ……
隙間なく降り続く雨、白煙を上げる
……なすがまま、なされるがままだ
あ、あ……これが雨なんだろうか
悲鳴を上げる小川だよ！　小さな小川が悲鳴だ……竜神さんが荒れ狂う
小川になっていく。山の木々も蓄えきれない……もう、余裕がない。降
り続く雨……空から落ちてくる。雲であったのが一瞬にして雨を作り出
す……自然そのままの存在だ

（作品1874号）

春が過ぎ、夏がやってきた……
ふと、足を止めたよ……新緑の葉っぱに

風さん……何を運んでいる
今ね……この厄介なコロナウイルスだよ
充満しきっている街の空気だよ
一つもきれいにならない……
どんなに強風が吹いても去らないよ
根強いのだよ……コロナウイルス
最も強い生き物に棲みついているからね
感染、感染で澄み切った風になれないよ……
自由に飛び回るのだよ！　大きな鳥も、小さな鳥も飛べないでいる。容赦なく感染続けるコロナウイルス……寿命が尽きない。変異に変異の積み重ね……新しい自分を作り出す、その能力の高いこと。内に向かい内との戦いで強くなっていく……地上に新しい根を下ろすのだろうか

（作品1875号）

山から流れる細々した川だよ
雨が降れば……激しく鉄砲水に
一気呵成に里まで流れ下るよ
この川……耐えきれないのだよ
……本流に合流できない現実がある
「あっ」という間に、逆流してきたぞ
堤防が壊れ……稲田が泥の堤に
なんという事態だ……考えられない
川なのに役立たずの川になる
自然の雨も自然の雨ではないと……
耐えられない堤防なのだよ！　自然からの新しい贈り物がきたんだと
……川が提起しているんだ。一瞬に大量に降る、降る……激しい雨。昔の川だもの、そんな雨予想できなかった。この現実、どう受け取ればい

いの……。一つの小川ではないのです……至る所にあるのです

（作品１８７６号）

どうして雨を恨むのですか……
今も起きている……川の氾濫だよ
家が浸水し、家が流される
田も畑も水浸し……泥の沼だよ
ありのままの現実ですからねぇ……
たどり着いたのがここなのです
生きている時間も短い……
生きていく環境も違う……
自然からの救い、どこにも見当たらない
一瞬で「さようなら」、どう生きてきたのだろう

ありのままの雨なんだよ！　雨って悪いイメージが多すぎる……大雨
だったり、台風だったり。恵みの雨を降らしてきたのに……。雨じたい
降る量が少ない……急激に大量に降って終わりさ。雨の季節がなくなっ
てきている

（作品1877号）
昨日も猛暑、今日も猛暑……明日もだろうなぁ
大きな老木……一つも変わらない
夕べになれば雨を待っている
頭のテッペンから水をかぶりたいんだ
よく見て……少し枯れかかっているだろう
どうしても緑の葉……なくしたくない
幹を見ただけではわからない

耳を当てて聞いてごらん……わかるから
この老木……芯が空洞なんだ
寿命を短くするんだ……今年の猛暑
老木ほどつらい猛暑だよ！　大地が熱くなり、根に十分な水分がとれない。夕立も来ない……一時しのぎの雨ではダメだ。長く降る自然の雨だよ……。大地で高く天を仰ぎ、深く地に潜る……夢になったなぁ。成長止まれば、もう枯れるだけだ

（作品1878号）

雨が今朝も続いています……
エサを探して飛び跳ねていた広場も
ドロドロした沼地になっています
スズメたち……どこで何をしているの

じっと我慢して「ねぐら」にいるのさ……
瓦をたたく大きな雨……止まないよ
いつ止んでくれるの、この長い雨
止んでくれれば、すぐに飛び出すよ
風雨にさらしたくない、愛する羽だ
身を護る、生きることが一番だ
飛び出せないのだよ！　朝の輝きが欲しい……太陽がバロメータになる。
飛べなければ生きられない……そんなことないよ。何度でもトライし、
挑戦できるんだ。生きることをどんな自然も止められない。明日を待つ
勇気……急がない、急がない初々しく迎えたい

（作品1879号）

今朝も雨、雨のトンネル……長いなぁ

もう、何日も太陽を拝んでいない
雨の執念……あまりにも強い
隠したままの太陽、まだまだ続くの
乏しくなっていく……エサだよ
……いつ探せばいいのだろう
だんだんと頭が……ボーッとなるよ
太陽の神よ……助けておくれ
止む合間を作ってくれないかなぁ……
一瞬に終わるのだよ……心の癒やしだよ
あ、あ、どうしたらいいのだよ！ その日その日を生きているのです。
食べ物だってその日暮らし……保存するものがない。生きるため……一
切のことを考えていない。自然が、大地が激しく揺れ動く……無心に成
り行きを見ていくしかないのです

（作品1880号）

嬉しそうに舞を見せる……白いチョウ
シャキッと飛んでいく……トンボの群れ
自分の縄張りで鳴いている……小鳥たち
自分たちの、それぞれの楽しみ方を
自分たち自身で作り出しているのです
それぞれに対話し、たむろし……
長い時間ではない、わずかな時間で
……今できる表現を精一杯している
邪魔されても、わずかな時間だよ
それぞれに、生きていることを……愛そう
夕暮れ、それは有難い……今日の終わりだ
生きている証しなのだよ！　言うことも言わない、問うことも問わない
……不思議さを感じるんだよ。工夫し、自由に飛んで表現する……生き

物ほど自分なりの姿勢なんだ。小さくても貪欲に自己がある。あるべき
姿を持って生きていくのが一本の道だろうなぁ

(作品1881号)

心の欲望って……どんなもの
あなたも、私も持っている
美味しいものを食べたいなぁ……
あの飛行機に乗り旅したいなぁ……
早くお金持ちになりたいなぁ……
仲のいい友を多く作りたいなぁ……
ポッカリと浮かんだ雲のように
瞬間、瞬間変化していくだろう
迷って、衝突してしまうよ

強烈な印象の欲望……探した、見つかった
赤みを帯びた夕日だよ、燃える時だよ……
一刻を惜しむ美しさだよ！　自由な時間など、見つけた記憶がないので
す。心の中の葛藤も生まれては消え、消えては生まれてくる……。ゆっ
くりと自然を眺めることが少ない……自分の心なんだよ。不思議な癒や
しの心の世界を生んでいく。真っ赤な夕日、燃えていく夕日……遠く
なっていくなぁ

（作品１８８２号）

同じことの繰り返しかもしれない
コツコツと、コツコツと
知らぬ間にのめりこんでいる
何かを……掘り起こし

何かを求め、探し出し、創り出す
ひとりでいる時間が長い
自分だけにしかわからない……何かが
それを見つけたい……勇気がいるんだ
小さな、小さな宝石のかけらでもいい
見つけた喜び、チョウが乱舞する
死するまで努力だよ！　豊かな社会になりすぎて、いろんなものが手の届く所にありすぎる。探し出す工夫がおろそかになっている。時間をかけ努力をする……気付かないのも現実なのだ。人生の旅、長いようで短い……くよくよせず、焦らず、一人黙々と大いに楽しもうよ

（作品1883号）

「さようなら」……冬の寒さよ

いつ芽を出せばいいのだろう……
木々の小枝がささやきだしたよ
大きくしなり……別れだしていく
春の目覚め、どんどんと先取りだ
それぞれの思惑、右往左往してくる
春の息吹が一番だ……まさに生まれ変わりだ
みずみずしい若葉で心が揺れ動く
春を満喫したい……澄み切った空気で
新しい青春……今始まったんだよ
春の風さん、夢を呼び起こさせる
光り輝く時だよ！　春を待ちこがれる……命をつなぐことはどんな生き物たちにも宝物なんだ。春は洋々として新しい船出なんだ。生き生きして、躍動し、希望が膨らむ……。生きる価値……それは春にしかできない。……無言の太陽、黙したまま見てござる

（作品1884号）

それは昼下がりから始まりだした
土手の雑草の草刈り作業……
どんどんと進んできているよ……
見る見る間に、なくなってしまう
身を隠すところがない……
追い出されてしまった……
今夜……どこで寝ればいいのだろうか
小さなねぐら……もう、切られたよ
老体で飛んでいくのも疲れてしまう
ゴワゴワのヨロイが重たいのだよ
あ、あ……お先真っ暗になる
わからなく変動するのだよ！　生きていれば、いろんな変化が起きてくる。対応できる行動力を常に持っていなければ……。昆虫だって孤独で

耐えがたい……生きる夢が崩壊してしまう。自然よ……ただ、ただ生きて全うしたいんだ

（作品1885号）

空気が汚れたらどうなるのだろう
お月さん、あんなに輝くの
お星さん、キラキラ見える
夜の宇宙……無限ではないよ
太陽が昇れば呆然とするだろうなぁ
見えるもの……見えなくなるよ
生きるもの……苦しくなるだろう
息を吸うにも、吸えなくなるぞ
生きものたち……どう進化するのだろう

それも……わからない
長い、長い戦いがあるのだろうなぁ
この暑さ、いつ終わるのだよ！　生き残る……大変な戦いだろうなぁ。
美しい四季が狂っています……季節なくなった。自然災害が起きている
……大雨あり、地震あり、台風あり、山火事だ。これに耐える時間が長
くなっている。優雅に見える風景が消えるかもしれない……地球の未来、
どこにゆくのだろうか

（作品1886号）
嘆いても照りつける夕日が熱い
母なる大地……乾燥した大地に
夕立もこない……雨らしき雨もない
生きるもの……すべてが欲しがってる

雨だ、雨を欲しがっている
喜ぶにはほど遠い雨だ……霧雨だ
上空では大粒だろうなぁ……
空中でどんどんと蒸発していくよ
大地に落下した時には……わずかだ
宇宙のどこまで広がるの……この猛暑
頭から水をかぶりたいのだよ！　住みよい里も猛暑続きの真夏なんだ
……どれだけの雨、降った。夕立こないのだよ……熱風だけが熱さを増
してくる。セミが鳴きやんだ……自然が止まった夕べだよ。棲みよい自
然はいつ来るのだろう……木陰の下、働くアリさんどこにいったの
喜んで、はしゃいでいるのだよ

（作品1887号）

お月見団子に、にらめっこして
この出会いを待っていたんだと……
ほら……現れてきた、十五夜お月さん
私、夢の中で大きなお月さん見たの
あんなにも大きなお月さん……まん丸い
オレンジ色で……とても美しい
あの不思議な輝き、どこから生まれるの
こんなにも変身してきてござる
見れば見るほどうれしくなる
私もあんなお月さんになりたいなぁ……
大きなオレンジ色のお月さんだよ！　秋の十五夜お月さん、素晴らしい
お月さん、度肝を抜かれたよ……。明るいオレンジ色のお月さん、笑ってござる……お祝いだ。このワクワク感、どう表現する……。澄みきった空があり、近くに潜む山々があり、お膳立てをしてくれる自然……うらやましいよ

（作品1888号）

スズメの鳴き声……それは早い
お日様と一緒に始まるのだなぁ
朝起きの鋭い感覚だろう……
生きるために身につけている
待ちわびていたのは……子スズメたちだ
ままならないけど、飛び出していく
親のしぐさがそのままだ
もう……うりふたつだよ、親も子も
もうすぐ別れだよ……巣立ちの時だよ
チュン、チュン鳴いて別れの合図
もう、未熟ではないのだよ！　親のしぐさをよく知っている子スズメた
ち……。わずかな距離の空を飛ぶ……最初のチャレンジだ。勇気をくれ
るんだ、絶大な勇気を。心に秘めたものになるんだ……初めてのことば

かりだ。自然の風がどんどん強くなってくるよ……

（作品1889号）

飛んで渡れると思ったんだろうなぁ……
向こうの土手まで幅が広いぞ
前のめりになっていたんだろう
だから……失敗したんだよ
骨が折れ、脳震盪……何もわからない
あ、あ……哀れなるバッタ君よ
天を向いたまま、アワを吹いている
小さな魂……どこを飛んでいる
白い雲に乗っかっているかなぁ……
静かに……秋たけなわとのお別れだ

余裕ないよ、己のことで精一杯だよ！　どんな生き物にも生きていれば、
いろんなことが起きてくる。夢心地で飛んでしまったんだろうか……悔
やんでも、もう遅いんだ。時間は止まってくれないんだ……動いている
からなぁ。自然に従う……なかなかできないでいるんだよ

（作品1890号）
棲みよい街に生きられる……嬉しいなぁ
この街……老若男女の多い通りだ
無関心さを装い行きかっている
「マスク」の姿、なかなかわからない
肩がぶつかってもわからない
自分の顔ではないのだよ
赤の信号……目だけが動き出す

蔓延するコロナウイルス、どこにいるのだろう
暖かな空気に飛び出し、踊りだし
感染、感染……歓びはしゃぎだす
不思議がらないでいる……「マスク」、「マスク」
慣れっこになっているのだよ！　ねぐらを変えて棲みつくコロナウイルス。生きるため自身を変異させている。なんという素晴らしい生き方を示しているのだろう……人にはできない生き方だ。独立独歩の生き方なんだろうか……自分を刻んでいる

（作品1891号）

大地は生きるのに棲みやすい
微生物もじっと我慢し、その時を待つ
愛してやまないという……暖かくなった大地だ

春風に乗って遊び回りだす……
街の中の雑踏が一番の好きなところ
見えない、とらえられない、気付かない
大きな咳の一声……チャンス到来
飛沫になり……感染拡大
コロナウイルス……四六時中元気だぞ
居場所がいいよ……邪魔者がいない、最高だ
ポカポカの春の雑踏だよ！　インフルエンザが流行していない……不思
議な春になっている。ウイルスにも弱者、強者が出るのだろうか……。
雑踏を見てごらん「マスク」が離れられない……。いろんな「マスク」
をした人々が多くなっている。コロナウイルスの一強になるのだろうか

（作品1892号）

さえぎってくれる木の葉がなくなった
幹から梢が丸裸……何もない
よく見てごらん、青空が真上に
どこからでも透けた大空だ
雨、あめ、雨が降ってくる
頭をたたく……やっぱり晩秋の雨
枝から幹に一直線に流れくる
目の前を通過し足元を濡らす
情緒をなくした晩秋の雨に……
心に残らない雨になって……なぜだろう
自然の変化、気候の変化だよ！　太古から一つも変わらない自然。四季が変われば寒くなり、暖かくなる……活動できる春や秋がなくなった。生きるものが右往左往し……明日がわからない地球に突入。与えられた

自然……無理なくはたらけるだろうか

（作品１８９３号）

夕日が赤いぞ……明日晴れるだろうなぁ
僕……走るのが「遅い」のです
一生懸命、走るけど速くなれない
公園での練習が表れない……ダメだ
どうしてなんだろうと、座り込む
運動神経が鈍いのだろうかなぁ……
僕の足……速く走ってくれよ
あ、あ……どうしたら速くなれる
今日も仲間と走ったけど、最後の方だよ
参加だけでは楽しい運動会ではないよ

僕にだって負けたくない意識があるよ
その気迫だよ！　夢中になれる何かがあると気づいていますか……。真剣に向き合う……大切なことなんだ。自分で得意なものを見つけ出す
……スポーツでも、趣味でも、勉強でも。自分の心を驚かせてみようよ
……自分だけのものがあると思うよ。遅いということはないんだよ……
生きてる時間は途方もなく長いんだ

（作品1894号）

つづらおりの山あいの道……
家がどこにあるのだろうか……
ぽつん、ぽつん、としたほどの家々
探しても、探してもわからない
時刻表とにらめっこして見ています

一日に何往復していたのだろう……
朝と昼と夕べの便数だけなんだ
乗る人もお年寄りの数人になり
……子どもたちも乗らなくなった
このバス路線も、とうとうなくなった
子どもたちがいない里だよ！　笑い声がした学校、子どもがいなくなり
廃校だ。若者がいなくなり、活気が生まれてこない……美しい山郷も崩
壊していくのかなぁ。未来を描くには老人ではダメなんだ……子どもの
溌剌とした元気から生まれるんだ

（作品1895号）
真夏にくれる……小さな夢
雨上がりにかかる七色の虹だよ

自然がつくってくれる……七色のアーチ
わずかな時だけど……嬉しかったよ
一瞬、大きな夢を願うのだ
美しいこの虹……すぐに薄れ、消える
心の中からもすぐに消えてしまう
自然に変化する真夏の夢だろう
大空にしかできない淡い現象を
も一度、楽しく心に刻もうよ……
虹、こころに描くのだよ！　自然がつくる七色の夢。現れては、すぐに消える……雨上がりの大空の自然現象なんだ。自然を楽しむ、自然に夢を託す……不思議な、不思議な虹。雑念のない虹だよ……あこがれの虹かもしれない

（作品1896号）

あ、あ……なんという哀れさなんだろう
まだ午後の3時なのに……
晩秋の陽ざし、弱々しくて届かない
ガサガサ、ガサガサ……と嫌な音
揺れるたびに少しずつ恐怖になるよ
緑の葉っぱ、ツヤをなくし輝きがない
……だんだんと硬直が進みだす
枯れ果てるまで、どれだけなんだろう
風吹けば、雨降れば……なお落ち着かない
あ、あ……なんというふがいなさだろう
静かに、騒がず、空を仰ぐだけだよ
足を入れなくなった森だよ！　興味津々でいるのだよ……野生の動物たちが。生きていくことを前向きにとらえている……シカもイノシシも。

紅葉を謳歌した木々は、もう冬になっている。小さな森の生き方、ただ
自然に任せるだけでいいの……。今、見向きもされないままだ

（作品１８９７号）

今日で七日目……どうしたらいい
どんなに現実を見ても……もう、蘇らない
ありのままの姿をじっと見ている
廃墟化した家々、無残なことだ
カベもなく、窓もなく……柱だけ
「どうすれば……」と言葉も発しえず
ただ茫然とそこにたたずんで……
脱力感が襲い掛かる……洪水の魔力だ
生きている、ここにいる自分しか頼れない

大水の恐怖……何も言わない、何も教えない
揺らぎ出す心だよ！　故郷……美しい風景なんだ。自然の力には勝てな
かった……あ、あ、哀れなる故郷。雨が、大きな水害を引き起こすなん
て想像外だった。自然は一瞬たりとも見逃さない……鋭い感覚で生きて
いる。気づかない……人々の不甲斐なさだろうか。過ぎ去ったもの……
忘れ去るしかないだろうなぁ

（作品1898号）
農作業している姿、老人なんだ
機械に慣れたもの……上手に運転だ
乗り回しさえすれば、田畑を耕せる
働けるうちは、自然の空気が一番
きつくなれば、その場で休めばいい

仲間とのつながりも田の畔なのだ
天を仰げば……青い空に白い雲だよ
どんなに叫んでも、優雅に見てござる
大きな心で生きてきたではないのかと
こだまになり……返ってくる
自然に出会う楽しさだよ！　自然の中に入れば、自然と出会うのは四六時中。自然は一瞬、一瞬変化する……。自由に自然と対話してごらん、生きた自然がそこに現れてくるから。自分が心を開かなければ、自然だって開かないさ。身をもって、それをどう捉えるかだよ……

（作品1899号）

橋げたが……川の中に座ったまま
流木が積み重なり合っている、鉄橋

孤立してしまった……家々
渡れない、向こう岸へ……帰れない
そぼ降る雨がもたらす……洪水なんだ
小さな雨、あめ、雨が豹変して見せる
積み重ねればどんなことだってできる……
清らかな川の流れも、この濁流も
自然がくれる雨だ……一滴の雨からだよ
悠々たる宇宙の中で循環させられている
激しい濁流だよ！　雨雲から放り出され山を壊し、木々をなぎ倒し、濁
流になり川を崩壊する。この一連の連携の凄いこと……大きな牙をむい
た瞬間だ。自然という生き物は一気呵成に実行に移すんだ……奥が深い
よ。すべてを包み込んで自由に循環して生きている。弾ける濁流も生き
生きとしている

（作品1900号）

冬至を過ぎてやってきた、冬将軍
どうにか捉えたんだよ……冷え切った空を
何もかもに冬がやってきた
衰えない……新しく生まれたコロナウイルス
影を潜めている……インフルエンザ
どちらも標的は……人々なんだ
こんなにも人、ひと、人を好むなんて
空気中を遊泳し、老若男女を問わない
棲めば都……貪欲に生きている
変貌遂げて、成長続けるコロナウイルス
昼夜を問わず感染拡大、真っただ中だ
途切れる心なんだよ！　四六時中、遊泳している。どんな所にも追っかけてくる、そのスピードが速い。一時的な猶予も与えない……生きるとはそうかもしれない。蔓延した地球上、取り返しができないでいる……
笑える時間がいつやってくるんだ

あとがき

春の嵐がやってきた
想像もしなかった……強風と雨
今盛りの春の花がじっと耐えている
新しい芯がゆらゆらと、今にも折れそう
耐える姿……若々しい
もう少しで大きく、花開く
そう……己の満開を味わいたい
咲き誇る時間短いのだよ……
春の喜びなんて……もっと短いぞと
夏の夕立がやってきたよ
わずかな時間……激しく降るよ

己の使命を実現しているだけだと
そう……生き物の一生、短いものだ
どんなに長く生きても、ほんのチョットだと
黙したままの宇宙……見て見ぬふりだ
秒刻みで前にだけ進むしかない……自然よ
後ろには後退できないのだと
今、ありのままで陰の部分を見なければ
己が変化して……生きなければ
その勇気が……何と幸せなんだろう

一定なものはどこにもないと
生き物同士が変化する
生きていて……新しく生きる
己のできることをどんどん働く、働くのだよ
突然変異が生まれだすのだよ……

自然の営み……日々の中に生まれている

本書の出版にあたり惜しみない援助を与えてくれた東京図書出版の諏訪編集室の皆さんに心から感謝します。

金田　一美 (かねだ　かずみ)

1947 (昭和22) 年　熊本県生まれ
1965年　熊本工業高校卒業
1968年　郵便局入社
2005年　郵便局退社
安岡正篤先生の本を愛読し、傾注する

著書
『若者への素描』（全４集/東京図書出版）
『四季からの素描』（全５集/東京図書出版）
『いにしえからの素描 第１集』(東京図書出版)
『いにしえからの素描 第２集』(東京図書出版)
『いにしえからの素描 第３集』(東京図書出版)
『いにしえからの素描 第４集 震度７』(東京図書出版)
『いにしえからの素描 第５集』(東京図書出版)
『いにしえからの素描 第６集』(東京図書出版)
『いにしえからの素描 第７集』(東京図書出版)
『いにしえからの素描 第８集』(東京図書出版)

TTS新書

いにしえからの素描

第9集

2022年12月28日　初版第1刷発行

著　　者　金田一美

発 行 者　中田典昭

発 行 所　東京図書出版

発行発売　株式会社 リフレ出版
〒112-0001　東京都文京区白山 5-4-1-2F
電話 (03)6772-7906　FAX 0120-41-8080

印　　刷　株式会社 ブレイン

ISBN978-4-86641-581-9 C0292

Printed in Japan 2022